KB003261

# 산경

山經

# 산경

山經

김규성 지음

문학들

## 산의 말씀을 엮으며

산은 지상을 대표하여 하늘과 만나는 천지의 접경이다. 맨 먼저 하늘의 사신인 빛과 눈비를 맞는 영빈관이다. 다투어 하늘을 지향하면서도 지하에 뻗친 뿌리는 그만큼 탄탄하고 깊다. 품은 넓고 아늑하다. 계곡의 물은 맑고 시원하다. 산 메아리로 씻은 새 소리는 청아하다. 덕의 상징인 산의 위엄은 바다의 지혜 위에 위치한다. 강에서 몸을 씻는다면 산에서는 혼을 씻는다. 그러기에 무수의 발길들이 목숨을 걸거나, 바쁜 시간을 쪼개 산을 오른다.

산 입구에는 으레 입산금지 아니면 등산로를 가리키는 두 개의 팻말이 서 있다. 전자는 산림보호 차원에서 인간의 길을 닫는 산에 대한 배려요, 후자는 사방으로 열어 놓은 길을 안내하는 인간에 대한 배려의 일단이다. 그러나 정작 그것은 산의 뜻이 아니다. 인간의 편의에 의해 획책해 놓은 인위의 산물일 뿐이다.

산골에서 나서 자라고, 나이 들어 다시 산중으로 돌아왔다. 굳이 이르자면 산을 등진 들판과 개울이 발치의 앞자

락을 펼치고 있으니 비산비야의 경계 지점이라야 맞다. 그래도 사람 사는 동네에서는 먼저 산의 목청에 귀 기울일 수 있는 항시적 특권이 주어진 셈이다.

문제는 산과의 소통이다. 아직까지 나는 산의 언어를 통역해 주는 어떤 사람도, 책도 만나지 못했다. 우주가 한 편의 시라면 산의 언어는 그 행간을 이루는 침묵과 닮지 않았을까 하는 막연한 추측만 조심스럽게 되새길 따름이다. 그러면서도 자고새면 가까이서 산의 숨결을 지켜보기에 떠듬떠듬/더듬더듬이라도 그 혀끝에 다가가려고 어설픈 옹알이를 하는 중이다. 그래도 익숙한 인간의 언어보다 턱없이 미숙할 뿐인 산의 언어를 통해 깨치는 말맛이 갈수록 오묘하고 옹골지다.

2021년 여름

김규성

차례

산경山經
01~108 • 09

## 01

내 품속에 둥지를 틀고 드나드는 새가 몇 마리인지 나는 모른다. 물론 어제 딱따구리가 새끼를 몇 마리나 낳았는지도 모른다. 다만 그 모르는 것이야말로 저들이 스스럼없이 앉고, 날고, 노래하는 자유와 평화의 원천인 것만 알 뿐이다.

# 02

예전에 내 등을 밟고 간 군상들이 있었다. 그중 하나는 오르기보다 내려가기를 좋아하고, 하나는 내려가기보다 올라가기를 좋아했다. 전자는 시시포스이고, 후자는 한니발과 나폴레옹이었다.

## 03

나의 뿌리는 바다와 맞닿아 있다. 내 심연에서는 파도 소리가 그윽하다. 나는 바다에 젖을 물리기 위해 이렇게 우뚝 서 있다. 나는 지상에서 가장 맑고 시원한 물을 끊임없이 바다에 제공하고 있다. 그러나 한 번도 내 몫에 대해 바다에게 말하지 않았다. 그렇다고 내가 먹고 남은 물을 말없이 받아 주는 바다에게 고맙다는 말도 하지 않았다. 그 말 없는 교감이 우리의 협업을 무궁무진하게 해 주기 때문이다.

## 04

아랫마을 인간들은 시간을 돈으로 주고받는다. 노동자는 맨 먼저 시간을 판 용병이다. 아니, 사용자 측이 먼저 남의 시간을 필요로 했다. 그러니 노사 간의 쟁점은 시간과 임금이 좌우한다. 은행은 돈을 맡긴 고객들의 시간을 계산해 적은 돈을 내주고, 빌려준 시간에 따라 많은 대가를 거두어들인다. 선생은 시간에 따라 계산된 급료를 제자들의 등록금에서 빼간다. 여관에서는 돈을 받고 돈만큼의 시간 동안 밀실에 손님들을 가두어 두지만, 죄수들은 공짜로 먹고 자면서도 투덜투덜 밀실 속의 시간을 줄이지 못해 안달한다. 직장인들은 한사코 근무 기간을 늘려야 더 많은 퇴직금과 급료를 받지만 우사인 볼트는 필사적으로 시간을 단축하여 부를 축적한다. 그러나 내 품 안의 많은 생명체들은 시간을 모른다. 그러니 시간을 사고 팔 필요가 없다. 그러고도 잘 살기만 한다. 인간들은 시간을 거래하면서부터 나에게서 멀어졌다. 타락하고 그만큼 힘겨워지기 시작한 것이다. 문명은 시간과의 전쟁이기 때문이다.

## 05

야생화는 유난하다. 작기가 유난하고, 어여쁘기가 유난하고, 고운 빛깔이 유난하다. 내가 저 우람한 바위나 노거수, 적송 숲보다도 더 각별히 품에 안아 키우기 때문이다. 비록 거대한 노송이나 상수리나무에 비하면 한 걸음만 비켜서서 보아도 보일 듯 말 듯 점 하나에도 못 미치지만 들여다볼수록 아름답고 고귀한 자태와 생명력을 간직하고 있다. 물론 품 안의 일체생령이 소중하지 않은 것이라곤 없지만 작고 여린 것들에게 유달리 정이 가는 것은 나도 어쩔 수 없다. 자칫하면 묻히기 쉬운 존재들이 제자리에 앉은 채로 새롭게 눈길을 끌기 위해선 얼마나 많고 진한 에너지를 쏟겠는가. 바위나 노거수 못지않은 내공과 동력이 소요될 것이다.

## 06

새끼 다람쥐도 도토리를 먹고 대신 거름을 준다. 허투루 지는 것 같은 낙엽 하나도 여기서는 제 몫을 톡톡히 한다. 깎아지른 바위도 뭇 '자연화가들'의 둥지이자 캔버스이며 독수리와 솔개, 바위솔, 이끼, 석란, 석청, 와송은 그 벽화이다. 다만 사람들만 난데없이 나타나서는 소란을 피우며, 내 등을 짓밟고, 내 정화수를 퍼가고, 걸핏하면 내 초상권을 침해하고, 답지도 않은 시 나부랭이로 나를 오독하고, 때로 내 몸에 불까지 지른다. 사방에 무단으로 가르마를 타서 내 머리와 옷섶을 헝클어뜨린다. 그들이 남기고 가는 것은 허튼 소리와 쓰레기밖에 없다.

## 07

바위는 내 어금니이다. 언제나 꽉 다물고 있어서 위엄과 신비를 돋보여 준다. 그뿐 아니고 기암괴석과 웅장한 폭포를 일구어 내 외관을 한결 빛내 준다. 누가 내 8,848m 정수리에까지 그 엄청난 크기의 바위를 올려놓았겠는가. 그 정수리를 밟고 서서 마치 정복자처럼 기고만장하는 인간들이여, 그 위에서 단 하루라도 온전히 버티어 보라. 흔적조차 없는 발자국 몇 허공에 새겨 두고 다투어 내려갈 뿐인 그대들은 감히 바위의 보이지 않는 점 하나에도 이르지 못한다. 그런데도 바위는 어줍은 인간의 언어인 오만이라는 단어를 모른다. 인간의 입에서 듣자마자 이내 흘려버릴 뿐이다.

## 08

갈수록 본성을 잃어가는 인간들을 보기가 안타까워 할 수 없이 그들의 언어를 빌려 한마디 하기로 한다. 인간의 본성은 개성에 앞선다. 집단무의식에 개인의 환경과 성향이 더해져 개인무의식을 이루고 이는 개성으로 발화된다. 인간의 본성은 집단무의식보다 전단계이다. 선과 악으로 나누어지기 이전의 무선무악(無善無惡)한 상태이다. 그러면서도 개성의 경로를 따라 인간의 내면에 칩거하게 되고, 개성의 노출에 따라 선과 악으로 분화된다. 인간의 본성이 악하다면 세상은 존재할 수 없는데 종교의 도움 없이도 여전히 세상은 지속되며, 본성의 실체를 확인시켜 주고 있다. 청교도들이 들어오기 전에 아메리카 인디언 세계는 지상천국과 다름없었다. 그러나 문명인을 자처한 그들이 첫발을 내딛기 바쁘게 참혹한 지옥으로 변했다. 아프리카에서 노예로 사냥돼 온 흑인들도 마찬가지였다. 인디언 학살자들이나 아프리카 노예사냥꾼들은 대부분 겉으로는 종교의 성의(聖衣)를 걸치고 있었다. 그들은 인디언을 많이 죽인 날이나 노예사냥을 많이 한 날이면 찬송가를 더 크고 장엄하게 불렀다. 면죄부는 하나님 위에 자본의 신이 군림하게 된 역사적 사건이자 징표였다. 갈수록 자본 신의 위력은 하늘을 찌른다. 우습고 가증스러운 것은 자본 신이 종교 신을 그 가면으로 쓰고 있다는 점이다. 그 가면은 한결 아름답고 고상하게 탈바꿈해 간다.

## 09

간혹 내 가슴깨나 머리의 바윗돌이 굴러 난데없이 무수의 나무와 개미떼, 막 겨울잠에서 깬 노루귀의 새움을 짓이기고 상처를 입힐 때가 있다. 물론 바위도 원치 않은 불의의 사고다. 오해 없길 바란다. 내 의지와는 무관한 그 사건은 오랜 풍화작용의 결과로 다만 하늘의 조화에 속할 뿐이다. 나도 가슴이 아플 따름이지만 결코 원망하지는 않는다. 하늘이 내게 베풀어 주신 은혜에 비하면 아주 작은 현상에 지나지 않기 때문이다. 그렇다고 하늘의 뜻을 굳이 헤아리려고 들지도 않는다. 하늘의, 하늘같은 동력과 의지에 의해 나와 내 품 안의 수억 생명들이 오늘도 존재할 수 있다는 그 엄연한 사실만 아로새길 따름이다.

# 10

나는 저 아래 사람의 마을을 내려다보지 않는다. 그들이 어떻게 사는지 궁금하지도 않고, 그렇다고 행여 그들을 아랫것들이라고 무시해 본 적도 없다. 다만 고개를 들어 하늘을 우러러볼 뿐이다. 그런데 저 아래 사람들은 내 안에 정령이 있다며 갖은 숭배를 바치면서도 정작 산신의 실체인 나에게는 함부로 대하며 도벌, 무단 임도의 개설, 산불, 고성방가 등 걸핏하면 해코지를 일삼는다. 그러니 난들 어떻게 저들을 어여쁘게 볼 수 있겠는가.

## 11

인간들은 비행기나 우주선을 띄워서는 평소 내 시야 아래서 나를 우러러보던 처지를 복수라도 하듯 주마간산 격으로 내려다보며 한껏 오만을 즐긴다. 그러나 그들은 비행기나 우주선 속에서는 쌀 한 톨, 물 한 방울 생산하지 못한다. 모두가 저 아래 마을에서 공수해 온 일용품(제한된 양만)을 사용할 따름이며, 연료가 소진하면 원래의 위치로 곧장 되돌아가야만 한다. 그러나 내 품속에 둥지를 틀고 사는 솔개나 매는 그 작은 몸집에 내장된 무궁무진한 천연의 연료로, 호수처럼 조용히 비행기보다 자유롭고 가볍게 날며 먹이를 얻고 하늘을 놀이터 삼는다. 일기예보 몇 배 정확한 예감으로 하등 악천후나 기상이변, 비상착륙 따위에 개의치 않고 천상과 지상을 자유자재 한다.

# 12

인간은 아무리 씻어도 그 냄새를 마저 떨치지 못한다. 원체 내장이 오물로 그득 차 있어서다. 그러나 내 몸은 인간의 수천만 배인데도 언제나 상쾌하고 싱싱하며, 정갈하다. 물, 공기, 향기 등 모두가 감히 인간 세상과 비교할 수 없이 해맑고 참하다. 그러나 그것은 내 몸의 표면에 불과하다. 내 몸의 대부분은 흙으로 이루어져 있는데 인간의 내장과는 완연히 다르다. 거기는 향기조차도 소거된 지역이다. 살갗보다도 더 청정무구한 나의 내장은 인간이 나를 짓밟고 오르내리며 퍼가는 약수, 맑은 공기, 피톤치드의 진원지다.

# 13

내 영토는 몇 개의 길이 경계 아닌 경계를 이루고 있다. 먼저 사람이 내놓은 등산로와 임도가 있다. 옛날에는 마을과 마을을 잇거나 땔감을 해 나르는 길 말고도, 산소에 가는 길이 제일 많았는데 요즈음에는 자꾸만 묘소가 인간의 마을 부근으로 옮겨 가는 바람에 점점 사라져 가는 추세다. 인간의 발길이 닿지 않은 길로는 산짐승들이 다니는 통로가 있는데 구불구불 작아서 선명한 편은 아니다. 그러나 그 길은 풀 한 포기, 나무 한 그루, 개미 새끼 하나 상처 입지 않고 고스란히 저마다의 삶을 영위하고 있다. 다만 사람이 내놓은 길은 사람의 발자국뿐 성한 것이라고는 찾아볼 수 없다. 그들의 발자국은 가는 곳마다 무수한 생명을 초토화시키기 바쁘다.

# 14

인간들이 허락도 없이 내 영역에 터 잡아 놓고 제멋대로 오가는 산길은 도시와 들판을 가로지르는 도로에 비해 한참이나 비좁고 구불구불하다. 따라서 고속도로나 직선도로를 내지르기에 이골이 난 자동차가 다니기는 그만큼 불편하기 마련이다. 그러나 앞만 보고 달리는 도로와 달리 산길을 천천히 가면서 느끼고 맛보는 색다른 재미는 길의 의미를 새삼 돋보이게 깨우쳐 준다. 각양각색의 언어를 머금고 호젓이 서서 아무나 가리지 않고 불쑥불쑥 말을 거는 산길은 이름도 다 모를 꽃들과 청아한 새소리, 이따금 토끼와 꿩 등 굽이굽이 아기자기한 풍경과 정취를 다투어 선물한다. 그처럼 길이란 보따리보따리 늘 새롭고 무궁무진한 이야기를 안고 있어야 비로소 길 맛이 난다.

## 15

인간들은 도시를 만든다. 그것도 사전 설계에 의해 건설한 계획도시다. 그런데도 교통난은 심화되고 주차 딱지는 그칠 새 없다. 이웃 간 일조권 분쟁, 층간 소음 다툼은 끔찍한 사고를 부르기도 한다. 농촌도 예외는 아니다. 첨단을 자랑하는 영농기술에도 불구하고 작물에는 갈수록 강력한 살충제와 살균제를 뿌린다. 심각하게 인류의 생명을 위협하는 자해 행위이다. 그러나 나는 설계도는커녕 따로 옮겨 심겠다는 생각조차 해 본 적 없는데도, 내 품 안에서는 마치 누가 고도의 산술적 설계로 배치해 놓은 듯 풀과 나무, 새 등 모두가 사방 각지에서 골고루 어울려 잘 살고 있다. 새들은 초목의 열매를 먹고 아무 생각 없이 여기저기 멀고 가까이 배설을 하는데 그것이 곧 이식을 통한 번식 행위이다. 벌 나비도 마찬가지로 번식을 매개하는 전령 노릇을 충

실히 한다. 이를테면 자기네들끼리 '적정 수효'를 창출해 가며 상생을 도모하는 효율적 상부상조다. 나는 아무런 간섭도 하지 않고 다만 그들을 차별 없이 고루 품어 줄 뿐이다. 그러면 정련된 조경사처럼 자기네들이 알아서 내 모습을 그림보다 아름답게 가꾸는 것이다.

# 16

일일이 열거할 수는 없지만 내 품 안의 모든 것들은 처음부터 마지막까지 세상을 첫 눈길로 본다. 떡잎부터 낙엽으로 질 때까지 그 눈길을 바꾸지 않는다. 아니 바꿀 줄 모르다. 그러니 새들은 늘 첫사랑 하듯 노래하고 나뭇잎은 시키지 않아도 뿌리로 돌아간다.

# 17

내가 일부러 빚어 놓은 작품은 아니지만 월출산은 그 평지돌출의 영험하고 웅장한 신비를 자랑하는 위용이 인간의 눈에 띄어 국립공원이라는 벼슬을 얻게 되었다. 험한 산새와 가파른 길에 혼쭐이 나서 지친 걸음을 돌이킨 사람들이 채 열흘도 지나지 못해 다시 찾아가고 싶은 그리움을 중독처럼 앓게 하는 곳으로도 유명하다. 비단 월출산뿐 아니다. 내 품 안의 모든 것들에는 고금에 걸쳐 사람들의 발길이 끊이지 않는다. 그리고 시간이 흐를수록/문명이 발달할수록 그 발길은 잦아진다. 아예 목숨을 내놓고 눈 덮인 험산준령을 정복자처럼 오르는 알피니스트들도 그 숱한 등반사고 아랑곳없이 오히려 증가하고 있다. 들이나 강, 바다는 제멋대로 요리해 온 인간들이지만 아무래도 나만큼은 저희 맘대로 할 수 없는 불가항력에 대한 미련 때문일까. 아니면 아직도 나를 신성시하고 예배를 바치던 원시신앙의 집단무의식에서 자유롭지 못한 탓일까. 하여튼, 나는 지상에서 극지대와 사막과 더불어 오염되지 않은 청정 지역이다. 더욱이, 빙하와 모래뿐으로 생명의 존재를 허락지 않는 극 지대와 사막에 비해 무궁무진한 생명체들의 보금자리이자 변화무쌍한 자연의 묘미를 날것으로 간직하고 있는 오아시스다. 그런 나에게 인간은 당연히 존엄에서 우러난 감사를 올려야 할 것이다. 그러나 나는 그 따위는 원치 않는다. 다만 자기네들을 위해서라도 내 몸에 함부로 생채기를 내지 않기를 바랄 뿐이다. 나와 그들에게 있어서 공존만이 최선이라는 너무도 단순한 진리를 부디 기억하기를!

# 18

내 몸에는 특유의 향기가 고여 있다. 산짐승의 배설물조차도 발효되어 그 향기에 일조한다. 다만 인간이 버리고 간 쓰레기에서는 악취가 진동한다. 대부분 썩지도 않고 그 오염도를 더할 뿐이다. 그것만 없다면 내 영토는 만년 청정한 천리향 숲이다.

## 19

나는 평지에 비해 가파르고 높고 굴곡이 잦다. 나폴레옹과 한니발이 내 등을 넘어 정벌의 야욕을 펼치게 꼬드긴 것은 신이었을까? 시시포스의 모조품인 인간의 허망이었을까? 그러나 누구의 짓이건 결국 내 발부리에 그 지치고 초라한 발길을 내릴 수밖에 없었다.

## 20

나는 인간들이 내 몸에 구덩이를 파고 시신을 묻어 온 죄는 묻지 않았다. 머지않아 내 몸에 흡수되고 말기 때문이다. 그러나 그 무거운 비석에 아로 새겨놓은 깨알 같은 이름은 좀처럼 사라지지 않는다. 누구 하나 읽어 주지 않은 채 버려진 이름을 가시덩굴이 가려 주고 있다. 허공을 나는 새들은 어쩌다 그 위에 똥만 갈기고 간다. 그렇다고 인간의 문자라곤 굳이 알고 싶지 않는 내가 읽어 줄 수도 없다. 다만 비바람이 오랜 세월에 걸쳐 어렵사리 잊힌 이름을 마저 지워 줄 뿐이다.

## 21

인간들은 식목일을 정해 나를 위하는 척하지만 실은 자기네들의 필요에 의해 나를 이용할 따름이다. 그래서 나는 식목일이 싫고 두렵다. 인간들이 진정으로 나를 위한다면 나를 그냥 놔두는 게 상책이다. 인간들의 발길만 닿지 않으면 내 영토는 저절로 무성하고 아름다운 수목원을 이룬다. 인간들의 기하학적 설계보다 몇 배 치밀하고 안정감 있고 친생명적인 고도의 섭리가 나에겐 무궁무진하다. 제 마음조차 제대로 다스리지 못하는 인위 따위는 감히 나의 심오한 자연스러움을 당할 수 없다. 나는 삼백육십오일 내내 식목일 아닌 날이 없으며, 식목 못지않게 육림에 혼신의 정성을 기울이고 있다. 다만 그 사실을 애써 알리거나 일부러 기억하지 않을 뿐이다.

## 22

인간들은 이제 내 영토에 이르지 않고도 잘 살 수 있다. 오래전에 내게서 소, 개, 돼지, 닭, 채소, 꽃, 과수, 약초 등을 훔쳐다가 자기들 편할 대로 순화시켜 꾸준히 개량하고 번식시켜 왔기 때문이다. 따라서 내가 보지 못한 무수의 희귀종들이 그들의 마을엔 널려 있다. 그러나 나는 그것들을 부러워하지 않는다. 이제 인간의 마을은 순종이라고는 아예 구경조차 할 수 없는, 잡종 천지가 되고 말았다. 그들의 언어가 타락일로를 걸어온 것도 잡종들의 혼탁한 전횡과 궤를 같이한다는 사실을 그들은 모른다. 순수언어를 추구하는 시인들도 마찬가지다.

# 23

나는 지상의 일부임을 잘 알고 있다. 우주의 공생은 진리라는 사실 역시 익히 알고 있다. 생명체에게 있어서 호흡이 절대적 조건인 것을 잠시도 잊어 본 적 없다. 그러나 인간들은 쉴 새 없이 거칠고 썩은 숨결을 내뿜고 있다. 그도 부족해 자동차와 공장의 매연까지 동원해 내 허파를 옥조이고 있다. 나는 점점 숨이 차고, 눈이 침침하고, 속이 매스껍고, 두통이 심해져 몸 둘 바를 모를 지경이다. 그런데도 인간들은 내가 자기네들의 산소공급처이자 공기청정기인 줄을 모른다. 아니 잘 알면서도 같이 죽자고 저리 악착같이 덤비는 것이다. 그 이기와 맹목에 소름이 끼친다.

# 24

나는 아직까지 한 마디도 하지 않았다. 그렇다고 침묵으로 일관하지도 않았다. 다만 무수한 나무에서 보듯 움이 트고, 꽃 피고, 열매 맺고, 낙엽이 제 뿌리로 돌아오기까지 몸소 온몸으로 말했을 뿐이다. 따라서 실언이나 식언 따위는 한 번도 한 적이 없다. 언행이 둘이 아니니 굳이 언행일치도 필요 없다. 혼잡이나 분쟁, 설화는 아예 구경조차 할 수 없다. 내 품 안에서는 모두가 그저 제 할 일만 묵묵히 할 뿐이다.

## 25

나는 인간들에게 할 말이 없다. 또한 그들이 내 영토에 함부로 침입해 지껄이는 말 역시 듣고 싶지 않다. 그들의 언어는 주어와, 주어에 아첨하는 부사나 형용사가 대부분이다. 그들의 언어에서 주어를 뺀 동사가 주를 이루어도 그런대로 들어 줄 만할 터인데 갈수록 고딕체 주어에 이상야릇한 수식어만 남발할 뿐이다. 그들은 바벨탑의 저주를 경험하고도 벌써 까맣게 잊은 채 제2의 저주를 향해 질주하고 있다.

## 26

나는 침묵이 언어다. 그러나 말이 부족해 불만인 적은 없다. 그렇다고 일부러 함구하는 것도 아니다. 나는 지상에서 가장 완벽한 언어를 구사한다. 다만 아무도 듣지 못할 뿐이다. 새소리, 계곡물 소리, 도토리 떨어지는 소리, 부스러진 바위 조각이 구르는 소리는 내가 침묵하기에 가능한 오케스트라이다. 그러니까 나는 그런 무수한 개체의 언어를 낳는 모어이며 바탕말이다. 누구도 내 말을 한 마디도 들은 적 없듯이 나는 잠시도 말을 멈추어 본 적도 없다. 나는 태초의 언어이자 언어도단의 언어이며, 침묵과 언어의 합체(合體)다.

# 27

언젠가 모처럼 인간들을 눈여겨본 적 있다. 내 옷자락 위에 다소곳이 앉아 해맑게 웃고 있는 여인. 오후 햇빛을 살포시 머금은 연둣빛 남방이 한결 잘 어울리는 여인. 둥글고 챙이 넓은 갈색 모자차림의 여인을 향해 사내는 열심히 스마트 폰의 셔터를 누르고 있었다. 나에게는 눈길 한 번 주지 않고 오로지 그 여인에게만 혼신의 시선을 바치고 있었다. 워낙 두 사람이 서로에게 몰입도가 높아서 나도 잠시 내 초상권이 침해당하는 것조차 잊고 있었다. 실은 그들이 나는 아랑곳없이 둘만의 삼매경에 흠씬 젖어 있으니 딱히 초상권 운운할 거리도 아니었지만. 사람이 사람에게 그토록 맑고, 밝게, 온전히 취한 풍경은 두고두고 돌이켜봐도 아름다웠다. 그들에게 있어서 우주엔 오직 그 둘뿐이었다. 그들이 허락도 없이 내 영역을 침범한 것은 거슬렸지만 잠시나마 인간에 대한 선입견을 잊는 기분 좋은 순간이었다.

## 28

내가 인간들에게서 가장 견디기 어려운 것은 속과 겉이 따로 노는 그들의 수다이기도 하지만 그 못지않게 고약한 것은 그들이 덕지덕지 바르고 온 화장품 냄새다. 그 이상한 악취는 불시에 깊은 정적을 깨는 야호! 소리보다도 더 혹독하게 평화로운 내 평상의 감각을 들쑤신다. 나는 일부러 매무새를 고치거나 내 몸에 천록인 눈, 비, 햇빛, 달빛 이외의 이물질을 끌어들인 적이라곤 없다. 그런데도 나는 수억 년 토록 정결한 피부와 그윽한 천연의 향기를 한결같이 내 몸에 지니고 있다. 그렇다고 그것을 자랑하지도 않는다. 아니, 할 줄도 모른다. 정확히 말해 할 필요가 없다.

# 29

인간들은 내게서 멀어질수록 정신은 산만해지고 삶의 질은 피폐해진다. 소위 야생에서 가축으로 탈바꿈한 동물들도 내 품을 떠나 인간의 손아귀에 놓이자마자 불행해지긴 마찬가지였다. 등산객들이 한결 편한 들길을 두고 일부러 가파른 내 등을 오르는 것은 심각하게 퇴화돼 가는 삶의 질을 충전하려는 무의식적 원형회귀의 일단이다. 산악국가인 네팔이 그 열악한 반문명적 자연환경 속에서도 나름 행복지수가 높은 것을 보라. 내 품 안에 둥지를 틀고 있기 때문이다. 옛사람들이 굳이 내 등허리를 골라 묘소를 마련한 것도 내 품 안에서 사후의 안식을 꾀하기 위한 방편이었다. 옛사람들이 그토록 나를 신성시하고 각별한 경배를 바친 것은 괜한 미신 행위가 아니었다.

## 30

내 사전엔 동사밖에 없다. 주어와 이름이 따로 없이 풀, 나무, 새, 짐승 등 저마다 알아서 행세할 뿐이다. 이름이라야 인간들의 호기심과 편의에 의해 붙여진 꼬리표이지 행여 그렇게 불러 달라고 한 적 없다. 그러니 이른 봄을 밝히는 옥녀꽃대는 자기가 옥녀꽃대인지 까마득 모르고, 깊은 밤 울음 그치지 않는 소쩍새 역시 제 이름을 기억해 달라고 보채는 것은 절대 아니다. 나는 인간들이 제 맘 내키는 대로 지껄여 대는 현란하고 조잡스런 수식어를 가장 싫어한다. 시인의 전매특허인 상징과 비유 역시 나와 인간들과의 유일한 통로인 직관과는 거리가 한참이나 멀다. 오히려 소통을 방해한다. 나는 문법, 낱말, 화술, 문장 따위는 아예 모른다. 따라서 내 사전엔 형용사나 부사 등 수식어가 없다. 입은 닫고 온몸으로 말할 뿐이다. 아무런 수식도 이름도 없이 그저 쉬지 않고 숨 쉴 따름이다.

# 31

인간들의 발명은 어김없이 양면성을 지니고 있다. 그들의 발명품 중 가장 위대하다는 불만해도 그렇다. 오랫동안 어둠을 밝혀 오는 데 불의 역할은 지대했다. 그러나 화재로 인해 소멸된 인명과 재산의 피해 역시 엄청났다. 인간들은 허락도 없이 내 영토를 무단침입해서는 순식간에 성냥개비 하나로 자기네 마을 몇 배의 면적을 불바다로 만들곤 한다. 그 속에서 수백 년 된 금강송, 갓 태어난 새끼 노루, 아직 따끈따끈한 딱따구리의 알, 앙증맞게 어여쁜 야생화들이 날벼락을 맞는 것이다. 실로 그 무책임/무분별만큼이나 무시무시한 인간들의 손길이다. 우주의 절대적 일원인 자연에게 물어보지도 않고 자기네들 편의와 필요에 의해 일방적으로 만들어 저희들끼리만 사용하는 물건치고 뒤탈이 없는 것들은 드물다. 그리고 치명적이다. 자연의 형태를 도무지 알아볼 수 없도록 변형시켜 제조한 문명의 이기는 걸핏 하면 흉기로 돌변하기 일쑤다.

# 32

내 영역 안에서는 굳이 말이 필요 없다. 입은 닫고 눈과 귀만 열려 있으면 된다. 코도 별 필요 없지만 특유의 내 냄새를 맡고 싶거든 살짝 열어 두어도 좋다. 물론 숨 쉬기 위해서라도 열 수밖에 없겠지만. 그러나 입은 닫아 둘수록 좋다. 잘 듣기 위해서는 집중이 필요한데 말은 귀의 몰입을 방해하기 때문이다. 따라서 내 영역에서만이라도 말수를 줄이고 듣는 훈련을 할 필요가 절실하다. 굳이 말이 하고 싶거든 마을로 내려간 후 내게서 들은 바를 그대로 옮기면 된다. 내가 들려준 이야기는 그들에게 살아 숨 쉬는 보약과 같기 때문이다. 나의 침묵 한 마디는 그들의 백 마디보다 깊고, 맑고, 깨끗하고, 진지하고, 순수하다.

## 33

인간들은 주인인 양 허락도 없이 내 품속 아무 데서나 태연히 산나물을 채취한다. 그런데 가만히 보면 두릅이나 고사리를 거두는 데도 저마다의 습관이 다르다. 그리고 그 습관은 나름의 격을 낳는다. 두릅이 엄지손톱만 하거나, 채 자라지 않은 고사리를 잽싸게 따는 손길들이 있는가 하면, 누군가 뒤에 오는 이들의 몫으로 좀 더 클 때까지 양보하고 아쉬운 발길을 재촉하는 이들이 있다. 불법 침입한 처지이기는 마찬가지지만 그래도 전자와 후자의 격은 천지 차이다. 그 작은 마음의 간격이 실은 엄청난 것이다. 나는 후자의 손에 산나물을 듬뿍 들려주고 싶어 모처럼 인간을 향한 마음이 어린애처럼 설렌다.

# 34

에베레스트는 네팔과 티베트 사이 경계지점에 솟아 있다. 티베트에서는 고원의 북동쪽 기슭에서 바로 볼 수 있다. 그러나 네팔에서는 에베레스트 산 기슭의 창체(북쪽 7,553m)·쿰부체(북서쪽 6,640m)·눕체(남서쪽 7,855m)·로체(남쪽 8,516m)산과 같은 봉우리들에 가려 보이지 않는다. 그 큰 높이의 차이에도 불구하고 인간의 작은 눈으로는 식별이 불가능하다. 몇몇 낮은 봉우리에 가려 제일 높은 봉우리가 숨어 버리는 착시가 마냥 눈속임을 하는 것이다. 아득한 하늘의 별은 지켜보면서도 발부리의 돌멩이는 잘 보지 못하는 그런 눈을 내리깔고 오만하게 발밑을 내려다보는 인간의 눈길을 상상해 보라. 아래의 실상이 제대로 보일리 있겠는가. 나는 에베레스트가 그렇게 높은 줄도 모른다. 나에게는 다만 무수한 봉우리 중 하나일 뿐이다. 그런데 인간들은 초등학교 아이들에게 에베레스트 산의 8,848m 높이를 잘잘 외우도록 닦달한다. 그 아이들은 매일 즐겨 뛰노는 뒷동산의 높이와 넓이도 모른다.

## 35

내 영토는 인류 문명과 비례해 끊임없이 침식당해 왔다. 물론 나는 영토의 확장을 꾀한 적이라곤 없다. 사람들은 수백 년 묵은 아름드리 목재를 쓰러뜨리고, 지하 깊숙한 곳에 묻힌 금광석을 캐내고, 바위산을 깨부수느라고 레미콘 차는 쉴 새 없이 바쁘다. 그 피폐와 침식의 속도와 양은 도시화와 함께 심화되었다. 도시는 나와 늘 대척점을 첨예화해 왔다. 그러면서도 도시인들은 주말만 되면 중환자나 젖먹이처럼 내 품을 찾느라고 분주하다.

# 36

호수나 바다는 멀리서 보면 정지 화면과 같다. 그러나 가까이 가서 보면 끊임없이 물결치고 있음을 확인할 수 있다. 풍랑이 일 때면 롤러코스트를 타듯 요란하기 이를 데 없다. 실은 자체 정화를 위한 가쁜 호흡을 나투는 것이다. 나도 마찬가지다. 멀리서 보면 요지부동의 침묵만 되풀이되는 엄숙한 신전처럼 보인다. 어둡고 깊은 밤이면 무덤처럼 적요하다. 그러나 가까이서 보라. 다람쥐는 귀를 바짝 세우고, 딱따구리는 참나무의 등허리에 둥지를 틀기 바쁘다. 어느새 철쭉은 산벚꽃 진자리에 새 갤러리를 여느라고 여념이 없다. 한살 발효 중인 낙엽에서는 향기가 진동하고, 썩은 참나무 그루터기도 표고버섯을 키우느라고 진땀을 흘린다. 내 품 안의 그 무엇 하나도 완전한 멈춤이란 없다. 그렇듯 우주의 어디에나 일 분 일 초의 정지도 허락되지 않는

준엄한 생명의 현장이 고도의 질서감각 속에 절박하게 빚어진다. 그런데 무슨 근거로 인간은 마치 완전한 정지/소멸이라도 되는 양 죽음을 들먹이며 스스로를 협박하는가.

## 37

내 품 안의 식구들은 하나같이 자급자족을 한다. 제 밥벌이를 못 하는 것들은 존재하지 않는다. 물론 때까치나 고라니도 새끼일 때는 어미의 도움을 받는다. 그러나 잠시도 먹잇감을 사냥하기 위한 훈련을 게을리하지 않는다. 자급자족은 그들이 누리는 평화와 자유의 조건이자 의무다. 그들은 또 필요 이상의 재화는 탐하지도 쌓아 둘 줄도 모른다. 그것은 곧 그들이 천록을 기리며 공존하는 선천적 지혜다.

## 38

아치를 그리는 연둣빛 나무 숲 사이로 계곡의 물안개가 꿈결처럼 피어오르다 동천을 일깨우며 하루의 심지를 막 켜는 어린 햇살과 만나는 순간을 때마침 만나 보았는가. 미처 준비하지 못한 카메라를 탓하며 안타까움으로 숨이 조여드는 충만은 또 맛보았는가. 천하의 어떤 절경도 그에는 못 미치리라. 그러나 그것도 한순간이다. 신기루 같은 자연의 조화는 이내 평상의 언어로 잠시의 요술을 돌이킨다. 내 품 안의 변화무쌍한 천변만화는 늘 그런 황홀한 시치미를 드러내듯이 감춘다. 그러나 인간들의 시치미와는 격이 다르다. 그들처럼 거짓에서 출발하거나 이기적 목적의식 따위 없이 자연발생적으로 이루어지는 순진무구한 천연의 하모니이기 때문이다.

# 39

인간들은 내 품에 들어서면 제법 경건하고 엄숙해진다. 생각도 깊어지고 말수도 줄어든다. 모르는 사이에도 저희들끼리 가벼운 목례를 나눈다. 아랫마을에서는 어림없는 이변이 내 품에서는 자연스럽게 이루어진다. 특히 노인들은 나에 대한 친밀감이나 외경이 각별하다. 죽음에 가까워질수록 남다르게 느껴지는 무덤에 대한 사전 친화라고나 할까. 인간들은 죽음에 이르러서야 나에게 한결 자세를 낮추고 기대듯 내 품 속으로 안기려 든다.

## 40

내 품 안에서 사방을 둘러보는 인간들의 시선은 천태만상이다. 이쪽 산에서 저쪽 산을 건너다보는 눈길이 있는가 하면, 아래를 굽어보는 눈길도 있다. 맨 먼저 자기 마을을 바라보는 눈길도 있고, 다른 마을을 먼저 바라보는 눈길도 있다. 앙증맞은 야생화를 보고 환호하는 목청도 있고, 깎아지른 바위를 보고 소리 지르는 목청도 있다. 그러나 산 정상에서 하늘을 우러러보는 인간들은 드물다. 나는 날마다 하늘과 눈을 맞춘다. 텅 빈 허공에서 먹을 물과 햇빛과 공기라는 천록을 조달 받을 수 있으니 감히 우러러보지 않을 수 있겠는가. 나와 인간이 다른 차이는 바로 하늘을 바라보는 그 눈길에 있다.

## 41

내 품 안에는 수많은 종류의 생명체들이 산다. 그런데도 저마다 각양각색이다. 인간의 마을에 사는 것들은 대개 엇비슷해 언뜻 구분하기 쉽지 않은 것과는 대조적이다. 인간들은 동식물조차도 무수한 공산품들을 판으로 찍어 내듯이 복제품과 유사하게 생육한다. 관리의 편리를 위해서다. 심지어 인간 자신들조차도 서로를 복제하기에 혈안이 되어 있다. 그러나 그것이 얼마나 끔찍한 짓인지는 진지하게 헤아리지 않는다. 가령 언어가 품사, 주어와 술어, 구와 절, 억양과 발음 구분 없이 똑같다고 생각해 보라. 아찔하다.

## 42

내 영토는 많은 흙을 지니고 있다. 소유가 아니라 완연한 방목이다. 그러면서도 그 엄청난 흙을 적재적소에서 구김살 없이 살리고 있다. 쉴 틈 없이 풀과 나무, 고라니의 배설물을 풀어 흙의 영양을 북돋운다. 골짜기를 흐르는 물과 새벽 꾀꼬리 노래로 흙의 귀를 맑힌다. 눈, 비, 바람은 악천후가 아니라 흙의 천록이다. 나의 흙에 대한 애착은 각별하다. 그러나 한 번도 흙에게 간섭하는 일이라곤 없다.

# 43

내 품 안에서는 벌레조차도 이파리를 다 먹지 않고 일부는 남겨 놓는다. 다 먹어 버리면 나무가 견디기 어렵기 때문이다. 그런데 인간들은 부자들이 오히려 가난한 사람의 몫을 남겨 두지 않고 다 먹어 치운다. 아니 바리바리 쌓아 둔다. 벌레만도 못하다.

## 44

생은 특수/개체에서 보편/전체로의 환원이다. 생명체에게는 누구에게도 예외란 없다. 그러나 궁극적 합일은 다시 필연적 분업으로 개별화한다. 그렇게 부단히 이합집산을 반복한다. 씨앗이나 뿌리 없이 태어나는 풀 한 포기라도 있던가. 그들은 수천 년 동안 씨앗이나 뿌리에 의해 무수한 생멸을 반복해 왔다. 맘대로 태어날 수 없듯이 죽음도 맘대로 할 수 없는 것이다. 끊을 길 없는 생사의 사슬을 나는 해마다 내 품 안의 수만 생령을 통해 증명해 왔다.

# 45

한국인들이 나를 뫼라고도 불러왔듯이 나를 모형으로 한 묘는 나의 축소판이다. 나는 품 안의 일체 생명을 지극한 모성애로 품는다. 삶처럼 죽음도 품는다. 얼마 전만 해도 묘는 대부분 내 품 안에 있었다. 인간도 죽어서는 내 품에 안긴 것이다. 그 조상들은 죽어서도 높은 곳에서 자손들을 굽어보고자 한 걸까. 내 품 안에 터 잡은 묘는 생과 사의 연결고리였다. 풍수에도 묘 터는 집터보다 우선했고 중요했다. 죽음이 삶을 통제한다는 신앙의 일단이었다. 예전에 사람들은 내 품 안에서 길을 잃으면 가까운 묘를 찾았다. 묘에는 반드시 마을과 통하는 길이 있었기 때문이다. 예로부터 조상 섬기기에 남다르던 그들에게 벌초와 성묘는 행여 소홀할 수 없는 일상적 중대사였다. 최소한 한 해에 정월과 한식, 그리고 추석 세 번은 내 품을 찾았으니 자연히 또렷한 길이 날 수밖에 없었다. 그러니까 내 품 안에서 길을 잃고는 묘지를 오고 간 길을 되밟아 무사히 제 마을로 내려갈 경우는 죽은 사람이 산 사람의 길을 만들어 준 셈이었다.

# 46

외딴 골짜기의 밤은 흐르는 게 아니라 호수처럼 잠겨 있다. 깊이를 헤아릴 수 없이 스스로의 품속에 숨은 밤. 산채의 방에 불이 켜져 있을 때와 꺼진 채로 있는 차이는 완연하다. 외지에서 온 발길은 모처럼 반갑다는 말을 아껴 두었다 창문에 어린 불빛에게 바친다. 멀리 개 짓는 소리는 발생 지점의 선창에 따라 파도타기 응원처럼 집집 휘돌아 이웃 마을로 번져 간다. 적막강산이라니? 지칠 줄 모르는 소쩍새 울음은 애먼 불면을 타이르며 계곡물에 달구어진 목청을 씻는다. 총총한 별 숲은 온통 지상에 붙박아 둔 하늘의 동공이다. 내 품 안의 적요는 침묵의 겉포장만 벗기면 청정한 언어의 숲이다. 내 품 안에서는 밤을 뒤척이는 잡념조차도 예사롭지 않은 명상이다. 내 품은 하늘을 최대한 지구의 품 안으로 끌어당기고 그만큼 지구의 강도를 높인다.

시방 해는 밤의 어디쯤 숨어 있는가 묻는 것은 금기다. 나는 강의 시원이다. 하여, 강은 그 집단무의식 속에 나의 원형을 품고 있다. 강에서는 내 소리가 난다. 나는 강을 굽어보기 위해 그만한 높이를 지닌다. 그러니까 나는 강의 아니마를, 강은 나의 아니무스를 통해 서로를 공유한다.

## 47

나에 관계된 인간들의 언어는 모두 그들이 상용하는 단어에 나를 접두어로 덧붙인 것들뿐이다. 산-봉우리, 산-허리, 산-등성이, 산-골짜기, 산-중턱, 산-마루, 산-고개, 산-나물, 산-짐승, 산-새, 산-비탈, 산-지기, 산-메아리, 산-길, 산-타기, 산-마을 등등. 그들은 나를 특별취급하면서도 나만을 이르는 고유어 따위는 아예 없다. 신도 마찬가지다. 신이라는 호칭 말고는 특별히 신만을 이르는 단어란 없다. 인간 언어의 한계다. 신성만 해도 그들의 마음을 이르는 성품/성격/성질에 신을 슬쩍 올려놓았을 뿐이다.

## 48

인간들은 나를 일컬어 높다고 한다. 한편 '깊은 산'이라며 깊다고도 한다. 그런데 나는 한국만 해도 그 면적의 63.7%나 차지하고 있는데도 누구 하나 넓다고 하지는 않는다. 높기야 하늘에 비하면 턱없고, 깊이는 강이나 바다의 표면에도 이르지 못하는데도 굳이 높고 깊다고 추켜세우면서, 정작 만물이 내 품 안에서 숨 쉬고, 뛰놀고, 걸핏하면 인간들도 떼 지어 오가는데도 넓다고는 하지 않는다. 그러면서도 내 품의 일부분에도 미치지 못하는 들이나 어미의 품에는 넓다는 표현을 관용화한다. 이처럼 인간들의 언어는 상징이나 은유에는 유별나면서도 정작 '사실'에는 밝지도 세밀하지도 못하다. 동사보다도 형용사가 더 발전한 그들의 언어는 실제보다 거짓을 장려하는 등 무수한 불필요와 혼잡, 오해를 불러일으키곤 한다.

# 49

세월은 빠른 게 아니다. 언제나 지극히 정상적 걸음이다. 다만 인간들의 눈이 성급할 뿐이다. 꽃이 져야 잎이 피고 열매를 맺을 거 아닌가. 너무도 당연한 변화를 두고 시간의 속절없음을 탓하는 것은 생에 대한 올바른 시각이 아니다. 나이 들어 눈에 띄게 빠르기만 한 시간 감각에 매몰되는 것은 그만큼 여유를 가지고 세심히 사물을 살피지 못하기 때문이다. 남은 시간이 짧을수록 그 소중한 가치를 새삼 재인식하고 심혈을 기울여 음미해야 할 거 아닌가. 배고플수록 남은 밥에 여러 반찬을 곁들여 천천히 오래 씹어 먹어야 맛도 맛이려니와 식사 시간이 더 길어지고 배도 채울 수 있는 단순한 지혜를 외면하고 거꾸로 조급히 마치려 드는 것과 마찬가지의 낭패다. 내 품 안의 사물들은 시간의 변화에 더덜없이 따를 뿐 구태여 과민한 반응을 보이지 않는다. 시간의 변화에 지나치게 개입함으로써(그렇다고 해서 시계를 거꾸로 되돌릴 수도 없으면서) 본연의 감각을 놓치고, 시간의 장난에 놀아나는 통에 정작 제 몫의 시간을 낭비하고 마는 인간들의 어리석음은 아예 거들떠보지도 않는다.

# 50

인간들은 오래전부터 내 몸속에서 곤히 잠들어 있던 금, 은, 구리, 다이아몬드, 니켈, 아연, 흑연, 돌멩이 등을 제멋대로 캐다가 제멋대로 가공해 사용하기 시작했다. 그런데 그도 모자라 그것들을 무기로 만들어 걸핏하면 나를 파헤치고 때려 부수는 등, 무수한 상처를 내 왔다. 그러면서도 자기네들은 내게서 훔쳐 간 목재와 석재로 화려한 궁전과 사원, 미술관을 짓고, 금광석으로는 보석을 가공해 온몸에 줄래줄래 달고 다닌다. 더 가관인 것은 아예 내 영토 깊숙이 쳐들어와 눌러앉아서는, 죄를 씻고 마음을 가다듬는다며 괴상망측한 형상들을 세우고 거기에 연신 머리를 조아리는 등 첫새벽부터 소란을 피워 대는 만행이다.

## 51

인간들의 마을에는 철철이 온통 꽃 천지다. 가로와 공원은 갖가지 화려한 꽃 군락으로 장관을 이룬다. 꽃구경만을 위해서라면 굳이 마을 밖으로 나갈 필요도 없다. 꽃들도 점점 눈부시고 다채롭게 진화한다. 물론 인위의 산물이다. 그런데 문제는 그렇게 인간의 손길로 가꾼 꽃들이 늘어갈수록 인간들의 마음은 삭막하고 황량해진다는 사실이다. 속이 비니 밖을 채우려 드는지 모르지만 그것은 채우는 게 아니라 꾸밀 뿐이다. 그러나 밖을 꾸밀수록 속은 더 가난해지는 법이다. 그런데 내 품 안의 야생화는 내내 그대로 작고 앙증맞고 춤 낮지만 인간들의 마음을 채워 주고 순화시킨다. 꾸밈없는 자연의 순수한 진면목이기 때문이다. 인간들도 본래는 내 품속에서 저 야생화처럼 순박했지만 마을을 이루고 도시화되면서부터 각박하고 혼탁하고 마음은 갈데없이 가난해졌다.

# 52

인간들을 설명하려면 할 수 없이 그들의 언어와 논리를 인용해야 하기에, 마땅찮지만 다음의 예를 들기로 한다. 프로이트는 인간의 정신세계에는 의식만으로는 설명할 수 없는 미지의 정신현상이 존재하며 이는 의식의 질서와는 근본적으로 궤를 달리하기에 무의식은 의식계로부터 독립된 별개의 독립집단이라는 주석을 달았다. 아직도 무의식의 발견자인지 발명자인지 헷갈리게 하는 그의 횡설수설은 접어 두고, 그가 의식과 무의식을 분리시켜 모호하면서도 복잡하게 구분한 어투만 잠시 빌리기로 하자. 나의 영혼과 인간들의 이성 사이에는 분명 심각한 괴리가 있다. 나의 언어와 인간들의 언어는 근본적으로 그 문법과 해석을 달리한다. 그러나 여기서 한 가지 간과해선 안 될 사실이 있다. 원래 나와 인간들 사이에 오늘처럼 심각한 갈등이나 언어의 차이가 없었다는 점이다. 인간들이 나와의 공존의식에서 벗어나 나를 한낱 부속물 같은 정복 대상이나 이용물로 삼으려고 벼르기 시작하면서부터 참담하게 변질된 것이다. 한편 태초에는 인간들의 의식과 무의식 그리고 본능의 경계도 프로이트 아류들이 설명하려 드는 것처럼 복잡하지는 않았다. 인간들의 역사는 '단순'에서 '복잡'으로의 질주였다. 복잡의 산물인 지식이 늘어나는 만큼 그들의 영혼과 언어는 퇴화되었다. 그리고 이제 와서 종교나 철학의 이름으로 태초에의 귀환을 시도해 보지만 문명에 중독된 그들의 복잡한 영혼으로는 까마득하기만 하다. 나는 태초의 기억과 언어, 영혼을 아직도 고스란히 간직하고 있다. 다만 인간들이 그들의 언어로 해석하려 들기에 소통이 안 될 뿐이다.

## 53

바다는 겉으로는 활짝 열려 있고 한없이 고른 수평을 이루고 있다. 그러나 그 넓이를 알 수 없는 것처럼 그 깊이도 헤아릴 수 없다. 뿐만 아니라 그 품 안에 무엇이 들어 있는지 알 길이 없다. 그저 드러내는 것이라곤 바다가 인질처럼 가두어 둔 섬뿐이다. 나는 바다보다는 좁고 얕아도 감추는 것이라곤 아예 없다. 모든 것이 백일하에 드러나 있다. 그 완연한 노출 속에서 나무와 풀, 새, 노루 등은 스스로를 보호하며 유유자적한다. 굴속의 토끼는 스스로 노출과 보호를 반복할 뿐 내가 어찌 한 것은 아니다. 그러나 물고기는 바다의 철저한 은폐 속에서도 걸핏하면 인간들에 의해 일망타진되기 일쑤다. 숨기는 것은 드러내는 것보다 더 위험하다는 것을 바다는 수시로 나에게 고백한다.

## 54

나는 지상에서 가장 맑은 공기를 가지고 있다. 인간들이 습관적으로 나를 찾는 까닭은 내 풍광도 풍광이지만 해맑은 공기를 마시고 싶은 욕구 때문이다. 그런데 나는 일부러 공기를 맑게 해 본 적이라곤 없다. 공기의 청탁에 대해서는 신경 쓰지도 않는다. 다만 늘 내 몸을 자연스럽게 놔둘 따름이다.

# 55

나는 지금도 인간들의 의식과 무의식이 나누어지기 이전, 그들의 언어가 발생하기 이전의 상태에 머물러 있다. 그들이 꿈꾸는 신화적 단계/원시의 원형을 고스란히 보존하고 있는 것이다. 그것을 인간들은 의식적으로, 언어를 통해 바라보고 해석하려고 들기에 엉뚱한 오역이 내 진면목을 가릴 뿐이다.

## 56

나는 문명은 싫어하고 그 대책 없는 무분별을 심각하게 염려하는 터이지만 인간들을 미워하지는 않는다. 그들도 태초에는 내 품속에서 살았기 때문이다. 그들이 내 품을 뛰쳐나가 스스로 만든 문명이라는 괴물과 결탁하면서 나를 등한시하고 급기야 정복하려고 대드는 상황에 이른지 오래지만 그래도 그들의 본연에 대해 익히 알고 있기에 언젠가는 자신들의 잘못을 뉘우치고 돌아오리라 믿을 수밖에 없다. 아스팔트는 시멘트와 모래 그리고 물이 적정 비율로 뒤섞인 인위적 합성물질이지만 흙은 일찍이 그리스의 크세노파네스가 주장했듯이 원래부터 저절로 이루어진 자연의 원소이다. 흙은 생명의 바탕이지만 아스팔트는 편리의 산물이다. 따라서 아스팔트를 원형으로 자란 도시인과 흙을 원형으로 자란 시골뜨기는 그 언어와 성정에 있어서 돌이키기 어려운 차이를 지닐 수밖에 없다. 도시는 자본주의의 첨단이요 치열한 생존경쟁의 현장인 만큼 이해관계에 민감할 수밖에 없다. 남녀노소 없이 일거일동에 정밀한 타산이 요구되는 게 그들의 일상이다. 시멘트와 모래와 물의 배합처럼 편리와 이기심에 의해 철저히 계산된 비율이 점령하는 아스팔트 문화 속에서 생장한 도시인들을 대할 때는 그만한 심리학적 이해와 배려가 전제되어야 하는 것이다. 그리고 그들도 몇 세대만 거슬러 가면 마찬가지로 흙의 원형을 공유하고 있음을 기억해야 한다. 신은 나에게 인간들이 도시인에서 시골뜨기로 그 성정을 돌이키고 나서 이윽고 내 품속으로 돌아올 날까지 잠시도 천연을 망각하지 말라는 특명을 내린 바 있다.

## 57

내 품은 무수히 많은 봉우리로 이루어져 있다. 그런데 봉우리마다 키가 다르다. 그렇다고 그들을 키 순서대로 세우지도 않았다. 크고 작은 봉우리들이 제멋대로 첩첩이 포개져서는 들쑥날쑥하고 있을 뿐이다. 그러나 아직까지 낮은 봉우리들의 불평을 들어 본 적 없다. 그들은 앞뒤는 아예 볼 생각조차 않는다. 봉우리마다 제 골짜기를 갓 난 새끼처럼 품고는 품 안을 살피며 하늘을 우러러보기 때문이다. 굳이 인간들의 언어를 빌리면 경건과 겸손, 자애가 몸에 밴 탓이겠지만 봉우리들은 전혀 그것을 의식하지 않는다.

## 58

연휴 탓에 고속도로가 또 몸살을 앓는가 보다. 도로를 메운 자동차들의 군상이 마치 피난 행렬 같다. 틈만 나면 저렇듯 누군가를 만나고 싶고, 쉬고 싶고, 여가를 즐기고 싶은 게 인간들의 욕구다. 바쁘다는, 바쁠 수밖에 없는, 그리하여 현실을 벗어나고 싶은 '일상의 그늘'이 심각한 지경에 이른 탓이다. 그런데 정작 자신들이 그렇게 만들어 놓은 원인 제공자라는 사실에 대해서는 외면하기 일쑤다. 문제는 저들의 대부분이 또 나를 찾아온다는 점이다. 한여름 피서 철을 빼면 사방이 툭 터진 바다보다도 사방이 골짜기인 내 품을 찾는 인간들의 발길은 도무지 쉴 틈이 없다. 그러니까 나는 도시 탈출의 비상구인 셈이다. 일상에서 벗어나 특별한 시간을 추구하는 특별한 장소로 나는 인간들에게 각광을 받는다. 그러나 저들은 평화롭고 즐겁고 여유로

워야 할 통상의 일상을 두고, 다투어 전쟁이나 다름없는 특별한 일상을 만들기에 사력을 다한다. 그리하여 애먼 나만 점점 대책 없는 행렬의 피난처로 몸살을 앓는다.

## 59

내 품 안은 도처가 놀이터다. 동시에 은폐와 엄폐물 천지다. 들에서는 뱀이나 두더지처럼 땅 밑으로 굴을 파야 하지만 내 품에서는 토끼나 오소리처럼 옆으로 굴을 파서 안정감 있는 집을 마련한다. 새들은 굴참나무 우듬지나 적송 높은 가지에 앉아 청아한 목청을 뽑는다. 물은 낮은 골짜기를 골라 길을 내며 강으로 흐른다. 저마다 높고 낮은 품을 골라 제 입맛에 맞는 삶의 터전을 이루며 사방에 도사린 위험으로부터 보호를 꾀한다. 천길 바위는 둔탁한 저음으로 만종을 울리는 부엉이의 가파른 낭떠러지 요새다. 어느 하나 그냥 이루어진 게 없다. 볼수록 신비로운 신의 조화다.

## 60

나를 찾는 인간들은 등산객과 입산자들로 나뉜다. 어원상으로 전자는 등(登)이라는 접두어와 '객(客)'이라는 상대적 접미어가 붙지만 후자는 입(入)이라는 접두어와 '자(者)'라는 주체적 접미어가 붙은 것만으로도 짐작이 갈 것이다. 전자는 나를 등정의 대상으로 여길 뿐이지만 후자는 최대한 내 비위를 거스르지 않고 고마움을 간직하려고 애쓴다. 전자는 일부러 나를 건드리는 듯 함부로 하지만 후자는 내 잠을 깨우지 않으려고 (나는 자는 법이 없지만) 발소리를 낮춘다. 그러니 전자에게서는 전쟁의 단초를 읽지만 후자에게서는 평화의 기색을 감지한다. 엄청난 차이이다.

# 61

어느 해 한 사내가 내 영토에 무단 침입해서는 한 식물의 뿌리를 마구잡이로 캐기 시작했다. 인간들이 붙인 이름으로는 '천문동'이라는 약재인데 그 사내는 겨우내 반경 8km의 이내 허리춤을 샅샅이 뒤지는 것이었다. 친구의 폐암이 중증인데 천문동이 효과가 있다는 정보를 주워듣고 부랴부랴 나선 것이었다. 친구를 살리겠다는 그 마음은 갸륵했지만 그것은 어디까지나 인간 중심의 사고방식에 지나지 않았다. 한 사람의 생명을 구하기 위해 수백의 엄연한 생명을 희생시킨다는 것은 아무래도 일방적이고 부당한 횡포였다. 나는 산 숲의 이름 모를 풀 한 포기보다 인간이 낫다는 이야기를 인간들 말고는 어디, 무엇에게서도 결코 들어 본 적이 없다.

# 62

도시에서는 아파트 층간 소음 탓에 이웃 간의 스트레스가 심각하다고 한다. 코앞의 앞뒷집 사이도 철저히 소통이 단절되어 저마다의 완벽한 독립 공간을 누린다는 장점이 무색할 만큼 살벌한 모양이다. 그러나 내 품 안에서는 소음으로 이웃 간 분쟁이 일어나는 경우란 없다. 부엉이는 눈치 없이 그 둔탁한 음치를 과시하고, 발정 난 고라니는 불길하고 음산한 괴성을 토해 내고, 아무리 소쩍새가 초저녁부터 새벽까지 쉴 새 없이 골짜기를 들쑤셔도 누구 하나 개의치 않고 마치 자장가인 듯 저마다의 숙면을 누린다. 그렇다고 산짐승들의 청각이 인간에 비해 둔감한 것은 결코 아니다. 오히려 몇 배나 더 예민하다. 옛날 시골에서도 취객들이 악다구니를 쓰거나, 깊은 밤 젊은이들이 흥/한에 겨워 구성진 유행가 가락을 때 없이 읊어 대도 그러려니 지나칠

뿐 아무도 일부러 탓하지는 않았다. 가만 보면 적막강산보다도 소음이 일상화된 도시에서 오히려 소음에 민감한 것이다.

## 63

인간들은 "나무만 보고 숲은 보지 못한다"는 속담을 즐겨 우려먹는다. 자신들을 돌이켜보는 성찰의 목적에서이기도 하지만 대개는 상대의 허를 공격하기 위한 상징적 논거로 도용한다. 이를테면 이론적 무기인 셈이다. 인간들이 멀리서 나를 보면 완연한 숲 천지지만 가까이 올수록 나무들의 크기와 높이에 압도당한다. 망원경 속의 획일적 전체가 현미경 속의 피사체로 개별화 하는 것이다. 그렇듯 내 품안에서는 무수한 개체가 하나의 전체를 이루고 있다. 그렇지만 개체의 삶이 전체를 훼방하거나 배반한 적은 없다. 각자의 필요에 의해서 수천 년 동안 유기적으로 전체를 옹호해 갈 뿐이다. 그런데 자본주의처럼 개체를 강화하다 보면 어김없이 인간 전체의 삶은 피폐해지고 부실하기 마련이다. 반대로 전체의 삶을 부르짖다가 개체의 삶이 희생되는 전체주의의 폭거를 양산하기도 한다. 그러나 그것은 철학과 제도의 잘못이 아니다. 인간들의 눈먼 탐욕이 전체와 개체를 무참히 악용한 탓이다.

## 64

직립원인이 세상에 나타나자 천지에 우레가 울려 퍼지고 사방을 분간할 수 없는 혼돈의 먹구름 속에 다음과 같은 말이 울려 퍼졌다. "인간들은 문명으로 멸망하고 원시로 회복될 것이니 그때를 준비하는 자는 영원히 살 것이다."라고. 다만 인간들만 알아듣지 못했다. 이미 우주자연의 언어에서 이탈해 있었으니까.

## 65

나는 인간들의 만행 중에서도 종교의 타락을 가장 두려워한다. 그것은 곧 인간의 탐욕과 오만에 대한 신의 분노가 극에 달해 그 저주가 시작된 징조이기 때문이다.

## 66

자신을 둘러싸고 있는 바다의 깊이를 모르는 섬은 없다. 그 밑바닥에 뿌리를 박고 있기 때문이다. 그러나 바다는 섬의 높이는 모른다. 그것이 바다에 파견되어 있는 나의 분신인 섬과 바다의 차이다.

# 67

나는 하늘의 무한을 마주하고 있기에 무한 수명을 누릴 수 있다.

## 68

나는 눈도 비도 가장 먼저 맞는다. 그러나 그 무거운 눈을 가장 오래까지 머리에 이고 있고, 아무리 강물이 말라도 내 계곡의 빗물은 유유히 피라미 떼를 키우고 있다. 나는 인간들처럼 눈을 애써 지우지도 않지만 빗물을 일부러 가두지도 않는다.

## 69

인간들은 나 없이는 제대로 문명을 일구지 못한다. 집을 짓지도 못하고 길을 내지도 못한다. 숨도 제대로 쉬기 어렵다. 그러나 나는 인간들이 없어도 아쉬울 게 없다. 아니 없을수록 좋다. 그렇다고 단 한 번도 인간들의 멸종을 바란 적 없다. 나는 그런 사악한 마음을 알지도, 품지도 못한다. 물론 신께 감사하지도 않는다. 감사하는 마음속에는 어쩌다 원망하는 마음이 깃들 수 있기 때문이다.

## 70

나에게서는 아름다운 새소리와 계곡 물소리 그리고 수목의 향기를 동시에 음미할 수 있다. 편백나무 숲 그늘과 피톤치드를 곁들일 수도 있다. 지상의 어디를 가도 나처럼 고루 상쾌한 쉼터는 없다. 그러나 나는 입장료나 사용료 따위는 모른다. 인간들이 같은 인간들에게 바리게이트를 치고 서둘러 티켓을 팔 뿐이다. 물론 나에게 물어본 적이라곤 없다. 지상에서 인간들만큼 뻔뻔스런 날강도는 없다. 그러면서도 양심, 지고지선, 정의, 사랑 등 좋은 말은 모두가 인간들이 만들어 남용하고 있다. 그러니 더욱 가증스러울 밖에.

# 71

인간들에게 예나 이제나 변하지 않은 것이 딱 하나 있다. 기도다. 똑같이 인간의 구원을 지향하면서도 적대적 관계를 그칠 줄 모르는 기독교와 이슬람교도 두 손을 모으고 고개를 숙이는 자세만큼은 다르지 않다. 그러나 원시시대 나에게 기도를 바치던 이들처럼 경건하고 순결한 영혼은 보지 못했다. 그들은 거의 나와 흡사했다. 예수나 석가, 공자도 그들에게는 한참 못 미쳤다. 그들의 순수는 어리석음과는 본질적으로 차원이 달랐다. 그들은 행복이란 단어를 몰랐지만 그랬기에 누구보다도 행복했다.

## 72

음악가는 없는 소리를 만들어 내지는 못한다. 미술가 역시 없는 점과 선을 그려 내지 못한다. 다만 문인들만 창작이란 구실로 없는 말을 만들어 내기 바쁘다. 지나치게 참혹하고 음침하며 거짓투성이에다 괴기스러운 형용사와 부사는 그 일등공신이다. 바벨탑의 저주는 제일 먼저 문인들에게 주어질 것이다. 내 품 안에서 사는 것들은 인간의 언어를 모르기에 평화를 누리며 장수한다. 그들에게 천연의 음악과 그림은 넘치지만 문학은 아예 없다.

## 73

나는 내 나이가 몇인지 모른다. 그러나 인류보다 먼저 태어난 것만은 확실하다. 인류뿐 아니라 우주의 어떤 생명체보다도 먼저 태어났다. 그리고 확실한 것은 인류를 포함한 어떤 생명체보다도 나중까지 살아남아 있으리라는 사실이다. 그러나 그런 나도 허공은 이길 수 없다. 나도 기껏 허공 속의 점 하나일 뿐이기 때문이다. 당장만 해도 허공이 없이는 몸을 가눌 수도 숨 쉴 수도 없지 않은가.

# 74

한국의 남녘 일대에서는 내 영토의 한 부분을 일러 무등산으로 부른다. 분명 봉우리마다 높이가 다른데도 자신들의 희망에 부합하게 평등한 산으로 재단해 버린 것이다. 그러나 뒷동산들도 저마다 다르고, 금강산 일만 이천 봉도 제각기 다르다. 그 높이와 넓이, 품이 같은 봉우리와 골짜기는 없다. 그것이 내 영토의 운명이요 현실이다. 그것을 제멋대로 일정하게 깎아 세우듯 상징화한다는 것은 거짓 횡포이자 나에 대한 왜곡이요 불경이다. 다시금 강조하거니와 평등세상의 대동단결을 이루려면 먼저 천하 만상의 다른 것을 인정해야만 그 분업적 활동을 통해 전체적 융합을 기할 수 있는 것이다. 천편일률은 죽은 평등이다.

# 75

들이나 바다는 안팎이 따로 없지만 나는 안과 바깥으로 이루어져 있다. 그러나 실은 안팎이 따로 없다. 나를 바라보는 인간들의 위치에 따라 결정될 뿐이다. 백두산은 한국에서 보면 남쪽이 안이지만 중국에서는 북쪽을 안이라고 부른다. 그렇듯 인간들은 자기가 서 있는 쪽을 무조건 안쪽으로 친다. 마치 나와 너를 가르듯이. 어미의 자궁 속에서 생장한 기억이 없는 인간들은 흔히 안과 밖을 혼동하기 일쑤다. 터널이나 감방에 갇혀 봐야만 바깥에 대한 향수를 실감한다. 마찬가지로 한겨울 바깥에서 떨어 봐야 안방에 대해 간절히 소망하게 된다.

# 76

인간들은 마음이라는 단어를 만들어 스스로를 몸과 마음으로 양분했다. 그리고 하늘의 마음과 인간의 마음을 나누고, 자신들의 마음을 경계하고 다독이는 원군으로 하늘의 마음을 빌리곤 한다. 그러면서 나의 마음에 대해서는 한 번도 언급해 본 적이 없다. 물론 바다와 강, 들판에게도 마찬가지이긴 하다. 그러나 나의 마음과 하늘의 마음은 다르지 않다. 바다나 강, 들판의 마음도 마찬가지다. 다만 인간의 마음만 스스로 심란하다고 고백하듯 어지럽고, 변덕 많고, 사악하기까지 하다. 그러나 본래는 인간의 마음도 나와 다르지 않았다. 그 사실을 제대로 안다면 인간들에게 길은 하나뿐이다. 악화되고 타락한 마음을 돌이킬 수 없는 지경까지 몰고 가지 않으려면 나를 포함한 우주의 마음과 하나가 되는 길 말고는 갈 길이 없다.

# 77

인간들은 갈등과 봉합을 먹고 살 수밖에 없는 인간사회의 모순에 대해 직간접적으로 너무 많이 알아 버렸다. 나아가 그것을 마치 신의 비의인 양 오해하기에 이르고, 이상과 현실의 불편한 동거는 그 부질없는 모순의 미봉책으로 굳어져 왔다. 그런데도 인간 세상은 민주, 자유, 평등, 사랑 등 자신들이 만들어 낸 좋은 말들도 넘친다. 모두가 갈등의 씨앗이면서 봉합의 표어들이다. 그러나 그것들이 주체를 수식하는 외피용 형용사일 뿐이라는 사실을 모르는 인간들은 순진한 얼간이 취급을 당하기 일쑤다. 물론 그들 역시 대충은 알면서도 이상과 현실의 거리를 조금이나마 좁히려는 순정에서 '망각적 자살'과도 같이 목숨을 걸곤 한다. 그러나 그 노력은 잠시의 신기루에 들뜨다가 이내 시시포스의 피로를 되풀이할 뿐이다. 내 세계처럼 이상과 현실이 분리되지 않은 태초의 경지에 이르러야만 모순이 사라진 세상을 이룰 수 있다.

## 78

일찍이 내 영토를 빌려 태백산 신단수에 터 잡고 '홍익인간'이라는 슬로건을 내걸어 첫걸음을 시작한 단군조선은 대한민주공화국이라 개명을 하면서부터 점점 내 품으로부터 멀어져만 갔다. 해방 후, 민주주의를 외피로 걸친 자본주의의 속살에 맛을 들인 그들의 관심과 욕구는 오로지 배고픈 한, 못 배운 한, 짓눌린 한을 풀어줄 미다스의 손인 돈에 모아졌다. 고속성장론은 일체의 담론을 일거에 삼키는 쓰나미였고 새벽종은 그 채찍이었다. 돈의 꿀맛에 취하고 제법 꿀을 축적해 인간에서 꿀벌로 진화한 자본신의 노예들은 오로지 눈먼 욕망의 전초기지인 욕망의 확대생산에만 연연했다. 황금만능사상과 황금제일주의는 사라져 가는 모국어의 등 뒤에서 패륜과 비양심을 담보로 한 일차 언어가 되었고, 극단 이기주의의 사생아인 탈윤리적 상식으로 자리 잡았다. 자본주의의 첨병인 개인주의는 인성을 파괴하고 마비시켜 무뇌아의 반사회적 신윤리로 무장한 민낯을 드러냈다. 불현듯 '개성'이 출세의 만능키로 급부상하여 유난한 '개성시대'를 유발한 흑막도 실은 승자독식(떡고물조차 다 시 수거해 가는)과, 약육강식의 초헌법적 이데올로기인 개인주의를 강화하기 위한 얄팍한 전략의 일환이었다. 그 결과 시시각각 메말라 가는 웅덩이 속에서 치명적 흙탕물을 아귀처럼 다투는 한심한 아메바들이 현대판 인간군상의 실상으로 굳혀지고 말았다. 그러나 인간은 구조적으로 사회적 존재의 범위를 벗어날 수 없다. 이웃을 이기주의의 제물로 삼으려는 개인주의는 결국 부메랑이 되어 자신을 옭아맬 수밖에 없다.

## 79

내 품 안의 아늑하고 그윽한 자락에는 어김없이 절이 들어서 있다. 소위 인간들의 안목에 따라 풍광이 뛰어나고 눈에 띄는 명당마다 절을 심어 놓은 것이다. 세속의 명리와 미추를 초월했다는 출가객들이 깊은 산중에 들어와 또 하나의 화려한 아방궁을 구축한 셈이다. 세속의 발길을 끌어들이기 위한 심모원려치고는 너무 속보이는 전략 노출이다. 어디 가나 못 말리는 인간들의 욕심이다.

# 80

나를 그릴 때 아이들은 삼각형을 그린다. 삼각형은 가장 안정감 있는 도형이다. 아이들은 또 푸른 색깔을 칠한다. 푸른 색깔은 원초적 생명의 빛깔이다. 나는 가장 오래 살아 있으니 안정되고 생명력이 왕성한 게 맞다. 아이들의 눈이 제대로 본 것이다. 그런데 아이들은 사방이 툭 터진 동산과 어울려 노는 것을 즐기지 힘들여 높은 산을 오르내리기를 싫어한다. 참으로 나를 아는 이들은 아이들밖에 없다. 그렇다고 아이들을 어른이 되지 못하게 묶어 둘 수도 없으니, 인간의 성장과 나의 평온은 심각한 대척점을 형성하게 되는 것이다.

# 81

들, 강, 바다, 섬은 별개의 영역 같지만 실은 지반이라는 하나의 뿌리로 연결되어 있다. 나도 마찬가지다. 만약 바닷물이 없이 마리아나해구가 드러난다면 그랜드캐니언은 금세 오금을 사려야 할 것이다. 언덕이 아니라 밑에서 보면 어마어마한 산이며 위에서 보면 구덩이라기보다 한량없는 산골짜기가 맞을 것이다. 과연 그 깊은 골짜기에 바닷물 말고 무엇을 채울 것인가. 그냥 둔다면 심각한 산사태가 일어날 것이다. 그러니까 바닷물은 지구의 평형수 역할을 하고 있는 셈이다. 나는 지상의 여기저기 탑처럼 볼록볼록 솟아 있다. 그런데 만약 내가 없다 해도 바다와 달리 별 문제는 없을 것이다. 들판만으로도 인간들은 살아갈 수 있다. 그러니 인간들은 걸핏하면 내 영토를 잠식해 자기네들의 반경을 넓힌다. 그러나 그것은 인간들의 사고에 불과하다. 내 품 안에서는 헤아릴 수 없이 많은 생명체들이 서식한다. 그들에게 다시 물어보라. 내가 없이도 지상의 삶에 별 문제가 없는가 하고. 인간들은 우주에 산재한 무수한 생명체 중 기껏 하나의 종에 불과할 뿐이다.

## 82

일교차가 극심하면 돌들도 수축과 팽창을 일삼아 모래를 만들기에 사막지대가 형성된다는 설이 있다. 그처럼 일기의 영향은 지상의 도처에 막강한 이해관계를 낳는다. 불변의 유형으로 인식되어 오던 돌들도 무형의 조화에 맥을 못 추고 놀아나는 것이다. 내가 가장 두려워하고 숭앙하는 존재도 저 무형의 허공이다. 허공이 없으면 존재할 수 없음은 물론 허공의 움직임에 따라 내 품 안에 보금자리를 튼 무수한 생명들의 안위가 좌우되기 때문이다. 인간들도 마찬가지인데 그들은 눈에 보이는 것에만 연연할 뿐 보이지 않는 존재의 가치에 대해서는 외면하거나 망각하기 일쑤다. 소위 무에서 유를 창조한다는 시인들 역시 통상의 언어로 무형을 형상화하기에 급급할 뿐 무형의 언어 영역에는 감히 이르지 못한다.

## 83

나는 원래 앉아 있다. 내게서 스님들이 본떠다 써먹는 결가부좌와 비슷한 자세다. 때로 새끼 짐승들이 편하게 오르내리라고 배를 내밀고 눕기도 한다. 큰 짐승들이 오르내릴 때는 할 수 없이 배를 깔고 누워 딱딱한 등을 내민다. 그러나 인간들이 내 등을 짓밟을 때는 꼿꼿이 선다. 그래야 얼른 내려가기 때문이다. 짐승들은 어미 등을 안마하듯 사뿐사뿐 발걸음을 죽이지만 인간들은 난데없이 육중한 가죽신을 신고 나타나서는 아예 짓이기기라도 할 듯 쿵쿵거린다.

## 84

인간 세상의 개들은 자주 짖는다. 밤이면 마치 봉화를 켜듯 연쇄적으로 짖는다. 한 곳에서 위험이 발생하면 그 위험을 그 부근 일대의 개들이 동시에 나누는 것이다. 그러나 그 개들도 내 품 안에 있을 때는 그렇지 않았다.

## 85

빛은 나를 먼저 비추고 인간 세상으로 내려간다. 그런데 나에게 먼저 내린 눈은 나중에야 녹는다. 햇빛이 먼저 비추니 마땅히 먼저 녹아야 하지 않겠는가. 그러나 겨울이면 나는 높을수록 춥다. 그것은 차가운 역경 속에서도 내 품 안의 생명들은 잘 견디지만, 인간 세상의 생명들은 작은 추위에도 잘 견디지 못하기 때문에 신은 할 수 없이 그들 세상의 온도를 더 높여 주는 것이다. 그렇다고 신의 기분이 썩 좋은 것은 아니다.

## 86

인간들은 내 영역조차 자기네들 땅이라고 우기지만 오래전에 그들은 내 품을 버리고 들판으로 내려갔다. 아직도 내 품에 둥지를 틀고 사는 사람들은 저 아랫마을 인간들과는 질적으로 다르다. 순박하고 따뜻하고 정직하다. 그런데 그들도 아랫마을과 접촉만 하고 나면 금세 이상해지기 일쑤다.

## 87

내 품 안에서는 자급자족하면서도 여유롭지만 인간 세상에서는 낭비하면서도 늘 부족하다. 인간들은 내일에게 오늘을 헌상하기 때문에 내일의 몫이 빈부를 좌우한다. 늘 바쁘고 부자들도 배고프기만 하다. 그러나 내 품 안에서 사는 것들은 내일을 모른다. 어제도 모른다. 다만 현재에 충실할 뿐이다. 그들에게는 빈부가 따로 없다. 그들은 아직도 만나를 먹고 산다.

## 88

아랫마을에서는 봄이 왔는데도 처마 밑 제비집을 구경하기 어렵다. 그렇다고 제비가 멸종된 것은 아닐 터. 그러나 잠시만 눈길을 돌려 나를 보라! 노루귀는 다투어 잎보다도 꽃을 먼저 피우고, 생강나무와 히어리, 산수유는 노랑을 다툰다. 새 부리만큼 멍울진 산목련은 또 얼마나 온몸이 간지러울까. 개울가나 들도 마찬가지다. 매화 동백은 버들개지, 벚꽃과 첨병을 다툰다. 그렇듯 아무리 황사와 안개 우중충해도 지상의 봄 잔치는 내내 여전하다. 그뿐인가. 밤이면 별들은 초롱 눈 밝혀 내내 새롭게 지켜보고 있다. 사람들만 제자리로 돌아오면 세상은 아직도 지상낙원이다.

## 89

인간들이 내 품으로 들 때, 한쪽 발을 허공에 뗄 적에는 다른 발은 땅을 딛고 있어야 한다. 그러나 나아가는 발은 언제나 허공을 거쳐야 한다. 땅과 허공의 합주가 그들의 걸음인 것이다. 땅과 허공을 거치지 않고선 그들은 한 걸음도 나아갈 수 없다. 살아 있는 것들은 모두가 땅을 딛고 서서 허공으로 숨을 쉰다. 누구나 몸의 바깥은 허공이고 뿌리는 발이다. 나 역시 마찬가지다. 내 발은 원체 그 뿌리가 깊고 튼튼하며 나는 온몸으로 허공을 껴안고 산다.

# 90

한겨울 나는 여백미로 그윽하다. 그렇다고 고사목이나 나목의 전시장만은 아니다. 여전히 특유의 청실홍실은 나름의 명맥을 지탱하고 있다. 어쩌면 그 안간힘 때문에 오히려 더 처연한 미학을 뽐내는지도 모른다. 적송이 내뿜는 상록의 기품은 물론이려니와, 난과 상사화의 '녹음독무(綠陰獨舞)' 역시 지나치는 등산객의 눈길을 사로잡기에 손색이 없다. 그렇다면 저 만만치 않은 청실의 향연에 짝할 수 있는 홍실은 이 겨울에 과연 가능할까. 그렇다. 웬만한 허리춤이면 약방의 감초처럼 진을 치고 있다. 감태나무다. 이파리 하나도 떨치지 않으려는 듯 고스란히 붙들어 매고 엄동의 긴긴밤에도 의연히 철야 근무 중이다. 떡갈나무도 감히 퇴색을 부끄러워할 판이니 경이롭다 못해 숭고하기까지 하다. 모성애의 효시일까. 동지애의 상징일까. 저렇게 오직 한 몸으로 부둥켜안고 새움이 돋을 때까지 바통을 움켜쥐고 있는 것이다. 떨치지 않는 가지의 악력도 가상하지만 저 갈애의 몸짓으로 악착같이 지친 손을 놓치지 않는 이파리의 집념이 한층 눈부시다. 어디 인간이 이 위대한 자연의 근처를 얼씬거릴 염치라도 아직 남아 있을까.

# 91

내 품 안에서는 무수의 꽃들이 피고 진다. 나는 인간의 손길과 동떨어진 천연의 화단이다. 그런데 꽃은 열매 맺기 위해 핀다. 꽃이 잘 피어야 열매도 잘 맺는다. 흔히 꽃을 절정이라고 하고 열매를 결실이라고 한다. 꽃이 열매의 대전제이기 때문이다. 열매는 꽃에 따른 꽃의 작품이란 뜻이다. 꽃은 핀다고 하고 열매는 맺는다고 한다. 피는 것은 일을 벌이는 것이고 맺는 것은 벌여 놓은 일을 마무리하는 것이다. 왜 꽃이 아름다운가는 열매가 증명하고 설명한다. 꽃에는 십 리 밖 벌 나비가 날아들지만 열매에는 새나 곤충만 부리를 세워 달려든다. 열매를 위해서는 열매를 잊고 꽃만 잘 피면 된다. 그것이 열매를 잘 맺는 비결이다. 땀과 열정은 아름답다. 인간 세상의 모든 학문과 예술 작품 역시 땀과 열정이 피운 꽃의 열매다.

# 92

인간 세상에서의 경우, 갑자기 허전할 때가 있다. 허공보다도 지상이 공허할 때가 있다. 외로움이라기엔 석연치 않은 뭔가가 깃들어 있는, 그렇다고 딱 꼬집어 말하기엔 모호한 감정에 사로잡힐 때가 있다. 언어로부터 오는 상실감과 자괴감은 순수언어를 지향할수록 심대해진다. 인간의 언어에서 사회적 벽에 가린 인위가 눈에 띌 경우 그 상대가 가까울수록 공허의 체감 지수는 높아진다. 그럴 때는 잠시 사람을 떠나는 게 좋다. 내내 인위의 언어를 매개로 살아가는 처지의 그 언어를 되풀이하러 들어서야 되겠는가. 그때는 나를 찾거나 내 청정의 흔적이 흐르고 있는 강으로 가서 인간의 언어가 아닌 자연의 순수언어와 밀담을 나누는 것이 좋다. 공허의 바다에 공허를 담그는 것이다. 그렇게 한참 머리를 비우고 나면 가슴은 새롭게 채워지게 돼 있다.

그 가슴으로 인간의 언어를 흔쾌히 삭이는 것이다. 인간이라는 사실이 허전할수록 인간에 대한 동병상련과 인간의 진면목을 키우고 닦는 채찍으로 삼을 수밖에.

## 93

겨우내 나는 수림의 뿌리를 거느린 땅속에서 그 숨을 내뿜는다. 그러니 다른 계절에 맛볼 수 없는 특유의 체취가 있다. 한겨울에 내 몸에 바짝 귀를 조여 보라! 새소리 하나 없는 적막의 늪에 간혹 바람만 소슬할 뿐이지만 그 적요가 주는 침묵의 메시지는 돌이킬수록 그윽하다. 이윽고 나의 내공이 전율처럼 폐부 깊숙이 전수돼 오는 순간의 충만과 황홀은 언어의 한계를 절감케 할 것이다. 주석도, 사족도, 첨언도, 변명도, 몽환도, 상상도 다 떨치고 난 겨울 내 정수리에서 가만히 사랑하는 사람의 이름을 불러 보라! 지상에서, 우주에서 오직 한 사람의 이름을 부르는 것이 어떤 음악이며, 철학이며, 종교인지 그 오묘한 맛을 실감할 수 있을 것이다.

## 94

내 몸은 품과 품의 중첩이다. 그리하여 거대한 맥을 이룬다. 바다는 닥치는 대로 삼킨다. 그래도 몸집은 불어나 보이지 않는다. 나는 만나는 것들마다 그 모습을 드러내 준다. 묘지 역시 내가 드러낸 나의 축소판이다. 내가 차려 놓은 전시장에 모여든 등산객은 객이 아니라 전시의 주체이다. 내 풍경의 색동 피사체이다. 바다는 평면적이지만 나는 입체적이다. 혁명은 바다처럼 평등을 목표로 하지만 일상은 나처럼 다양한 굴곡과 등고선의 차등 속에서 일구어진다. 바다에서는 물로부터 자신을 보호해야 하지만 내게서는 불을 내지 않도록 나를 보호해야 한다. 바다의 시원은 나다. 내 계곡물은 바다의 최상류이다. 그리고 바다에 알박혀 있는 섬 역시 나의 분신이다. 내게서는 철 따라 기화요초들을 만끽할 수 있지만 바다에서는 꽃 한 송이 구경하지 못한다. 그러나 해저 세계는 감히 내가 따르지 못할 천화만색의 눈부신 정원으로 이루어져 있다. 산해진미의 조달처인 나와 바다는 자세히 들여다볼수록 그 우열장단을 가릴 수 없다. 인간의 유한한 시선과 허튼 언어가 자꾸만 둘을 비교할 따름, 나는 나대로 바다는 바다대로 비할 데 없이 치밀하고 성스러운 만 생령의 보금자리인 것이다.

# 95

내 등은 겨우내 눈을 지고 있지만 실은 온몸으로 봄소식을 전하는 봄의 전령이다. 봄이 오는 소리는 추운 겨울을 온몸으로 견디는 생명들이 먼저 듣는다. 겨울이 두렵고 싫은 만큼이나 봄이 반가울 게 아닌가. 그러나 겨울을 견뎌 내려는 내성에 사로잡히다 보면 자칫 감각이 무뎌질 수도 있다. 평상의 감각을 유지하는 것이 곧 변화에 민감하게 적응할 수 있는 첩경인 것이다. 봄은 겨울이 싫어서 그 때문에 반사적으로 봄을 기다리는 경우보다는 그냥 봄이 좋아서 기다리는 생명들에게 먼저 잰 발소리를 들려준다. 인간 세상만 해도 그렇다. 사랑하는 이들은 봄이 한참 멀었는데도 벌써 봄이 왔다고 지레 앞당기기 일쑤다. 반면 겨울이 추운 사람들은 봄이 왔는데도 아직 외투를 껴입고 있다.

# 96

인간 세상에서는 나를 두고 함부로 적막강산이라는 표현을 남발한다. 그러나 적막강산이라는 말은 수정되어야 한다. 잠시만 귀 조이면 강산처럼 바쁜 곳도 없다. 인적에서 멀수록 시곗바늘 황홀하게 홀가분하여 강물은 흔연스레 새 물결을 낳고 피리 떼는 그 추임새인 이합(離合)의 경계를 자유자재로 넘나든다. 날다람쥐는 오늘따라 걸음이 배로 바쁘고 객수에서 깬 바람도 슬슬 바람이 나서 적송 늙은 팔을 껴 흔든다. 밤 이슥할수록 부엉이랑 번갈아 소쩍새 낭랑하고 샛별은 촉촉한 눈망울을 한 살 내리꽂는다. 그중에서도 이삿짐을 부리는 고사리, 엉겅퀴, 취나물 등 들뜬 철새들의 숨 가쁜 발자국으로 새 무덤이 제일 부산하다. 다만 소리와 소리가 행여 겹치거나 서로를 방해하지 않고 모어로 일군 가장 짧은 시의 행간이 마냥 그윽할 뿐이다.

## 97

생명체에게 가장 가까이 있는 것은 무엇일까. 허공이다. 아무리 어미가 아이를 껴안고 잔다 해도 뒷면과 얼굴 등 절반이 넘는 면적은 허공과의 조우다. 일어나자마자 허공과 만나고 첫 숨을 허공을 통해 들이 마시거나 내쉰다. 첫걸음도 허공의 숲을 헤쳐야 한다. 허공이 없으면 잠시도 존재할 수 없다. 생은 유형과 무형의 공존이다. 유무상종이다. 그렇듯 유에게 있어 무는 절대적 생존 여건임에도 걸핏하면 인간들은 그 사실을 망각하고 만다. 침을 뱉고, 욕설을 퍼붓고, 삿대질을 한다. 비록 다른 표적이 있다 해도 거기에 이르기 전, 일단 허공을 거쳐야 한다. 그뿐 아니다. 담배 연기를 내뿜고, 한숨을 내쉬고, 술 냄새를 풍긴다. 혼잣말이라고 음흉하고 더러운 속내를 거침없이 허공으로 엿보이기 일쑤다. 걸핏하면 지키지도 못할 기도문을 외우기도 한다.

애먼 허공에겐 대단한 결례요 행패다. 은혜를 죄로 갚는 패륜이다. 헌데 그 말고 그들이 대체 허공에게 해 준 게 뭔가. 아무리 봐도 없다.

## 98

인간들이 재배하는 도라지는 두 해만 자라면 옮겨 주어야 한다. 그리고 곧 수확해야 한다. 썩어 버리기 때문이다. 그러나 내 품 안에서 자라는 산도라지는 몇 십 년을 한 자리서 자라도 끄떡없다. 인삼과 산삼의 차이처럼 도라지도 인간의 손길에 의해 길러지는 것과 내 품에서 절로 자라는 것의 차이는 크다. 현격한 약효와 무공해 덕에 소위 자연산 도라지가 수십 배나 비싸다.

# 99

새도, 나무도, 물도 내 품 깊숙이 들수록 평화와 안정을 누린다. 그런데 인간들만 내 품 안에 깊이 들어올수록 마치 어미젖에서 멀어지는 아기처럼 두려움에 떤다. 다만 세상으로부터 쫓기는 피난자들은 내 품을 찾아 마을에서 멀어질수록 안도의 한숨을 쉰다. 그들은 비로소 무의식중에 태초의 기억을 되찾게 된다.

# 100

인간은 인구가 늘어나고 그만큼 인구 밀도가 조밀해질수록 그 징벌로 심각한 소외감을 느끼게 된다. 인구의 대량생산은 인간의 희소가치를 떨어뜨리는 결정적 요인으로 자리 잡은 지는 이미 오래되었다. 그리고 생존 경쟁의 여파로 인간이 인간의 도구로 전락한 현실 앞에서 망연자실할 수밖에 없었다. 그러나 인간들은 그 이전에 인간이 자연으로부터 소외당하기 시작했다는 사실은 철저히 외면한다. 자연으로부터의 소외는 인간끼리의 소외를 부추기는 전조 증상이었다. 따라서 인간이 문명의 병증이자 함정인 '상호소외'로부터 해방되려면 먼저 자연으로부터의 소외를 해결해야 한다. 나는 반드시 그런 날이 오리라고 믿는다. 그렇지 않다면 신이 나를 이토록 오래 벌세우듯 보존해 두지 않을 것이기 때문이다.

# 101

내가 인간들의 이야기를 자주하는 것에 대해 인간들은 불쾌하게 여길지 모른다. 내 영역 안의 이야기는 다물고 바깥의 이야기만 늘어놓는 건 주제 넘는 간섭일 수 있을 것이다. 그러나 내 품 안의 것들은 가만 두어도 저절로 잘 살고 있다. 인간들의 발길만 범접하지 않는다면 그 평안은 길이 보존될 것이다. 그러기에 내가 내 영역을 지키기 위해서는 인간들의 만행을 염려할 수밖에 없는 것이다. 그런데 인간의 이기심이 결국엔 자승자박과 다름없는 자해라고 아무리 떠들어도 인간들은 귀 기울이지 않고 오히려 멸망을 향해 질주하기 바쁘다. 그렇다고 인간들을 미워하지는 않는다. 왜냐하면 그들도 한 가족이기 때문이다. 인간들만 문명을 버리고 자연인으로 내 품 안으로 들어오면 그들 역시 평화롭고 우주는 본래의 낙원으로 돌아갈 수 있기 때문이다.

## 102

인간들은 늘 바깥에는 눈을 팔면서 정작 제 안은 살필 줄 모른다. 물론 보이는 것조차 제대로 보지 못하며 보이지 않은 곳까지 본다는 건 얼핏 무리일 수 있다. 그러나 안 없는 바깥은 없다. 안팎은 고루 다스려져야 하기 때문이다. 안을 비우지 않고 무작정 채우려 들 수는 없다. 그러니 바깥과 소통하려면 먼저 자신의 안부터 잘 살펴야 하는 것이다. 나는 안과 밖이 따로 놀지 않고 항상 함께하기에 뭇 생명들이 평화롭게 그 삶을 영위한다.

## 103

내 품에 들면 인간들은 경건과 고독을 별미처럼 맛보게 된다. 정적과 평화 속에서 모처럼의 안정을 누린다. 그러나 내 품속에는 인간 세상보다도 더 많은 생명체들이 흩어지고 모여 산다. 그들이라고 입을 닫고 사는 것만은 아니다. 저마다 나름의 목청을 돋운다. 다만 인간 세상처럼 굉음에 가까운 소음이 없을 뿐이다. 깊은 밤 소쩍새 한 마리는 십 리 사방의 귀를 구성지게 적신다. 그러나 모내기 무렵이면 논마다 떼 지어 요란히 우는 개구리 울음은 채 백 미터도 못 미치는 사방의 귀청을 찢는다. 내 품 안의 것과, 내게서 인간 세상으로 떨어져 나간 들판의 것들은 소리의 파장부터가 다르다. 노래와 소음의 차이이다.

## 104

인간들의 말 중 내가 유일하게 기억하는 것에 '눈은 마음의 거울'이라는 한마디가 있다. 아이들의 초롱초롱한 눈을 보면 그 말이 절로 실감이 날 것이다. 사랑하는 이들의 눈도 그에 못지않을 것이다. 그런데 그들은 그 천상의 선물인 거울을 이내 잃어버리고 만다. 그 입이 거울을 지워 버리기 때문이다. 입은 무수한 수사를 동원해 거울을 지우고 깨버리는 흉기인 것이다. 나는 눈만 열고 입은 닫는다. 내 품속의 온갖 생명들에게는 말이 필요없다.

## 105

침묵은 내면과의 말을 나누는 공간이다. 자신과의 소통을 위해서는 그만한 침묵이 필요하다. 그런데도 인간들은 잠시라도 입을 닫고 있으면 견디기 힘들어 한다. 그러니 대부분 쓸데없는 잡담들이고 에너지의 태반이 말하는 데 허비되기 마련이다. 그들은 내 품에 들어와서는 잠시나마 침묵의 묘미를 익힌다. 그러나 내 발치를 떠나기 바쁘게 오히려 내 안에서 못다 한 말까지 더하여 떠든다. 짐승 중에서 가장 말이 많은 것들이 인간이다. 그들만 웅변학원에 가고 국어사전을 갖고 있다. 그렇지만 워낙 말이 서툴러서 걸핏하면 말 때문에 싸우기 일쑤다.

## 106

내 품 안에서는 돈이 필요 없다. 그런데도 인간들은 제멋대로 내 입구에 매표소를 세우고 입장료를 받는다. 물론 나를 보호한다는 명목이다. 내가 언제 그들에게 매표소를 설치하라고 했는가? 아니 언제 그들에게 들어오라고 했는가? 언제 보호해 달라고 했는가? 그들은 내게 올 때는 옷과 모자와 신발을 바꾼다. 물론 그들의 집에 가면 또 갈아치운다. 나를 위해서가 아니라 자신들을 보호하기 위해서일 뿐이다. 그러면서도 '산림 보호' 따위의 현수막은 도처에 걸어놓는다. 그들의 언어는 그렇게 늘 이중적이다. 그들은 한 입으로 두말하는 것이 아예 몸에 배어 있다. 나라를 다스리면서 봉사한다고 하는 그들은 국민을 위해 몸 바치겠다며 모처럼 고개를 땅 닿게 숙여 한 표 달라고 거지처럼 애원한다. 참으로 가증할 뻔뻔스러움이다. 제발 그 따위 언어로 내 영역을 오염시키지 말기를!

## 107

제아무리 문명이 최첨단을 달려도 생명체는 자연을 떠나서는 생존이 불가능하다. 당장의 호흡조차도 자연의 조화다. 한 모금의 물, 햇볕, 한 끼의 식사만 해도 모두가 자연의 일부다. 눈부신 가공, 신비로운 화학제품이라도 그 원료는 자연이다. 다빈치나 피카소도 그 캔버스와 물감은 자연에서 빌린 것이다. 누구나 결국은 자연의 품으로 귀향하기 마련이다. 인간 역시 자연의 일원이며 자연 그 자체이므로. 그런 인간이 자연을 모른다면/잊고 있다면 비정상일 수밖에 없다. 삶의 근원인 자연은 인간에게 있어서 외면할 수도 떠날 수도 없는 불가분의 관계이기 때문이다. 그런데도 문명은 한사코 인간을 자연으로부터 분리하려는 환상을 부추긴다. 문명의 사주를 받은 현대인은 땅을 딛고 사는 처지에 비행기를 타고는 초자연인 양 설친다. 그러나 하늘도 자연일 뿐이며, 연료가 바닥나면 비행기는 이내 착륙할 수 밖에 없다. 스마트 폰이나 초장거리 미사일은 쌀 한 톨 생산하지 못한다. 흔히 초자연적 고도문명인 양 우주과학 어쩌고 떠들지만 우주라는 이니셜은 다름 아닌 자연임을 기억해야 한다. 자연과학이라는 용어에서 보듯 문명은 자연의 접미사로 그 일시적 변용에 지나지 않는다. 어떤 문명이라도 그 유전인자는 자연이다. 자연의 이치를 알아야만 문명은 가능하다. 문명은 기껏 자연의 부산물에 지나지 않는다. 그런데 문제는 자연을 오염시키고 변질/퇴화 시키는 주범으로 문명이 낙인찍혀 있는 데 있다. 친자연이 아니라 반자연의 기수가 곧 문명인 것이다. 문명은 순리가 아니라 반역이며 언젠가는 자연의 품으로 회귀해야 할 시한부적 일탈일 뿐이다. 주역은 중국 철학의 근간인 천인합일 사상을 바탕으로 천지의 무궁무진한 조화를 역동적으로 그리고 있다. 우주 자연의 본성은 조화와 합일에 있다. 자연과 인간의 조화와 합일이야말로 인간이 그 자연성을 회복하는 첩경인 것이다.

## 108

나는 태초를 모른다. 그리고 나를 낙원이라고 부르는 것을 원치도 않는다. 다만 태초에 낙원이 있었다는 사실이 전제되어야만 종교도 철학도 가능해진다는 사실만 인간들에게 귀띔해 주고 싶을 뿐이다. 만약 그렇지 않다면 인류사는 미완성과 고해의 무한 반복일 뿐이라는 회의주의에 당할 도리가 없게 된다. 고대사회의 인류도 사회적 존재라는 운명과 동시에 주어진 실낙원에서 법과 도덕과 질서를 필요로 하게 되었다. 그 후 인류사는 오류와 모순과 불합리의 점철이었다. 하기에 궁극적 근원인 우주의 자궁으로 돌아가지 않는 한 누구도 모순과 죄악으로부터 자유로울 수 없다.

산경山經

초판1쇄 찍은 날 | 2021년 6월 24일
초판1쇄 펴낸 날 | 2021년 6월 28일

지은이 | 김규성
펴낸이 | 송광룡
펴낸곳 | 문학들
등록 | 2005년 8월 24일 제 2005 1-2호
주소 | 61489 광주광역시 동구 천변우로 487(학동) 2층
전화 | 062-651-6968
팩스 | 062-651-9690
전자우편 | munhakdle@hanmail.net
블로그 | blog.naver.com/munhakdlesimmian
값 10,000원

ISBN 979-11-91277-14-2 03810